AF234457

DISCOURS

PRONONCÉS

DANS L'ACADÉMIE

FRANÇOISE,

Le Lundi 13 Avril M. DCC. LXI.

A LA RECEPTION

DE M. L'ABBÉ TRUBLET.

A PARIS, AU PALAIS,

Chez la V. Brunet, Imprimeur de l'Académie Françoise.

M. DCC. LXI.

M. l'Abbé T R U B L E T *ayant été élu par Messieurs de l'Académie Françoise, à la place de M. le Maréchal Duc* DE BEL-LEISLE, *y vint prendre séance le Lundi 13 Avril 1761, & prononça le Discours qui suit.*

Messieurs,

Je n'ai jamais eu d'autre ambition que celle d'être admis parmi vous ; & mes follicitations, pour être moins vives, n'en ont pas été moins conftantes. Elles vous ont montré à la fois mes defirs & mon refpect, une jufte défiance de moi-même, & une haute idée de l'Académie Françoife. Par mon amour & mon eftime pour votre Compagnie, je méritois d'être né plus digne d'elle. Ces fentimens & ma perfévérance vous ont enfin touchés.

A ij

Cependant pouvois-je espérer la place que j'y viens occuper aujourd'hui, celle d'un homme qui avoit occupé lui-même dans l'Etat les places les plus élevées ? L'Académie Françoise, il est vrai, ne connoissant point l'inégalité des rangs parmi les Membres qui la composent, remplace indifféremment l'un par l'autre, le Grand qui protége les Lettres par goût, & le simple particulier qui les cultive avec succès. Votre Histoire en offre plusieurs exemples, je n'en citerai qu'un ; *La Fontaine* remplaça *Colbert*. Mais dans un ordre si différent, leur mérite, leur génie, étoient égaux ; le Poëte étoit un homme aussi rare que le Ministre.

M. le Maréchal de *Belleisle* fut un de ces protecteurs éclairés des Lettres, & de ceux qui les illustrent par leurs Ouvrages. C'étoit un mérite héréditaire. Son Aïeul avoit répandu ses bienfaits sur nos plus célébres Ecrivains, & il éprouva leur reconnoissance, même après sa disgrace. *Pellisson*, dèslors votre confrère, osa le défendre, & fit des chef-d'œuvres d'éloquence. L'aimable Poëte que j'ai nommé, *La Fontaine*, osa le pleurer dans une Elégie touchante. Le cœur seul put la lui inspirer ; le cœur seul put l'instruire à gémir, & lui faire prendre un style si différent de son style ordinaire.

Mais quels ont été mes succès dans ces Lettres toujours si protegées par les vrais Hommes d'Etat ? Bien loin d'y avoir acquis cette célébrité, qui tant de fois a déterminé, hâté même les fuffrages de l'Académie, à peine leur dois-je quelque réputation. Qu'on ne me croye point modefte ; je n'ai pas droit de l'être ; je ne cher-che point à le paroître ; je ne fuis que fincère, mais je le fuis fans effort. Comment donc ai-je ofé élever mes vœux jufques à vous, & pour-quoi les avez-vous remplis ? Je dois faire votre apologie & la mienne, excufer ma hardieffe, & juftifier votre indulgence.

Dans l'efprit de votre établiffement, la qua-lité d'Académicien eft un titre d'honneur, mais plus encore un engagement à un travail commun à la Compagnie ; vos Statuts le prefcrivent & le règlent. Or, MESSIEURS, fans me croire digne de l'honneur, je me fuis fenti capable du tra-vail. J'ai étudié de bonne heure notre langue dans les Ouvrages de vos Prédéceffeurs ; j'ai continué cette étude dans les vôtres ; & j'ai cherché à met-tre au moins dans les miens la correction & la pureté du ftyle. De-là mes vœux ; de-là fans doute votre choix.

Un autre motif a pu encore vous parler en ma faveur. Je n'ai employé auprès de vous aucune des voies profcrites par vos Statuts, & à peine ai-je fait ce qu'ils me permettoient. Il m'a fuffi que vous connuffiez mes defirs.

Enfin, j'ai compté d'illuftres Amis dans l'Aca-démie Françoife, les *La Motte*, les *Fontenelle*, les *Maupertuis* ; & vous m'avez fu gré de mon zèle pour leur mémoire. J'y en compte encore plufieurs. Vous le deviendrez tous, MESSIEURS; je m'en fie à mes foins pour le mériter , & fur--tout à vos vertus.

Le dernier que j'y ai perdu * , & qui long-temps mourant fous vos yeux, a reçu de plufieurs d'entre vous des foins fi affidus, n'en voyóit au-cun fans lui recommander fon ami. Vos réponfes étoient favorables ; il m'en faifoit part ; & l'efpé-rance de m'avoir pour Succeffeur , le confoloit de ne m'avoir pas eu pour Confrère.

Vous avez plus fait, MESSIEURS ; une autre place à vaqué avant la fienne ; il m'en parloit quelquefois , & avec d'autant plus d'intérêt qu'il y avoit reçu celui qui l'occupoit. Il n'ofoit pour-tant me la defirer , & vous me l'avez accordée. Je n'en fens que mieux mon impuiffance à vous remercier d'une manière digne de vous , digne du bienfait , & de la reconnoiffance qu'il m'inf-pire.

Vous ne m'en défavouerez point, MESSIEURS ; il n'eft peut-être aucun de vous , eût-il mérité par des chef-d'œuvres l'honneur que je reçois aujour-d'hui , qui n'ait craint pour fa gloire , lorfqu'il a fallu vous rendre graces de ce qui y mettoit le comble. Depuis plus d'un fiècle qu'un homme élo-quent, le célèbre *Patru* , établit par fon exemple, l'ufage des remercimens académiques, ils font de-venus de jour en jour plus difficiles ; & fi quelque chofe pouvoit modérer l'ambition de vous être

---

* M. l'Abbé *du Refnel.*

affocié, ambition fi vive, fi générale, dès-lors fi honorable à l'Académie, c'eft le Difcours à prononcer devant vous & après vous, fur une matière que vous avez épuifée.

Cependant, quelque perfuadé que paroiffe le Public de l'extrême difficulté des remercimens académiques, & jufqu'à en faire une efpèce d'impoffibilité, il les juge avec la dernière rigueur. Vous n'en ufez pas ainfi, MESSIEURS ; de tous ceux qui m'écoutent, vous ferez les plus indulgens. Vous avez eu à remplir le même devoir ; & fi vous avez vaincu la difficulté, vous l'avez fentie.

Mais de quoi me plains-je, MESSIEURS ? Je vous dois l'Eloge de mon Prédéceffeur ; & quelle matière fut jamais plus neuve, plus riche, plus variée ! Je dois peindre un Guerrier, un Négociateur, un Miniftre d'Etat ; fous tous ces rapports, infatigable dans le travail, par zèle ; inépuifable en reffources, par génie. . . . . . . Non, MESSIEURS, ce n'eft pas de moi que vous attendez un portrait trop au-deffus de mes connoiffances, & fur-tout de mes foibles talens. Vous l'attendez de l'Académicien qui va prendre la parole. Le fort l'a mis à votre tête, mais vous l'euffiez choifi. Je vois votre impatience, & je la partage. Si j'avois commencé l'Eloge de M. le Maréchal de *Belleifle*, tout vrai qu'il feroit, vous me prefferiez de le finir, fûrs d'en entendre un plus éloquent & non moins vrai ; il vaut donc mieux

ne le pas commencer. Pour me prêter à un em-
preſſement ſi juſte, j'omettrai encore, quoi qu'il
en coûte à mon cœur, ces autres Eloges dont votre reconnoiſſance a impoſé la loi à vos nouveaux
Confrères ; les Eloges de *Richelieu*, qui ne conçut
que de hautes idées, & fonda l'Académie ; de
Seguier, qui la recueillit & la maintint, prête à ſe
diſſiper & à s'éteindre après la mort de *Richelieu* ;
de *Louis* le Grand, qui daigna hériter d'un de ſes
ſujets le titre de votre Protecteur, & par cette
grace, crut ajouter à ſa gloire. J'omettrai même
l'Eloge du Monarque chéri, qui s'étant encore ré-
ſervé le même titre, l'a fixé pour jamais dans la
Perſonne de nos Rois ; & je me bornerai aux vœux
les plus ardens pour la conſervation de ſa Perſonne ſacrée. Ce vœu renferme tous les autres,
tous ceux qu'il fait lui-même pour le bonheur de
ſes peuples. Qu'il vive, & ce bonheur eſt aſſuré.
Qu'il vive, & la paix ſera le fruit de ſes vertus, ou
de ſes victoires.

Réponſe

Réponse de M. le Duc DE NIVERNOIS, *au Discours de M. l'Abbé* TRUBLET.

Monsieur,

DES principes vertueux , une conduite irréprochable , & des ouvrages utiles , tels font les titres dont la réunion assure & justifie les suffrages de l'Académie, tels étoient vos droits à la place que vous y venez occuper aujourd'hui. Ce n'est pas dire assez, MONSIEUR , vous aviez des droits plus particuliers encore dans l'esprit d'analyse , dans la sagacité la finesse la précision qui caractérisent le recueil de vos Ouvrages. Ces qualités dont l'usage fréquent fait le mérite propre de vos écrits, vous appelloient naturellement à nos travaux où elles font si nécessaires pour le juste difcernement des idées & pour l'exacte définition de leurs signes.

Quand l'Académie ouvre fes portes à un Poëte célèbre , à un Philosophe distingué , à un de ces Génies créateurs qui étonnent leur siècle , elle couronne un Héros , & s'honore de remplir d'avance l'office de la postérité ; d'autres fois elle aime à s'enrichir par l'incorporation d'un citoyen utile , par l'acquisition d'un cultivateur induftrieux ; & c'est dans cet esprit, MONSIEUR ,

B

qu'elle attend de vous une affiduité conftante à fes Affemblées. Vous aurez fous les yeux , dans le lieu où elles fe tiennent , les images honorées de ces hommes (a) dont votre cœur conferve fi chérement le fouvenir , dont vos Ouvrages confacrent fi fouvent la mémoire. Peut-être devez-vous vous défendre d'y fixer trop exclufivement vos regards & vos hommages. Peut-être fi les mânes de nos grands Poëtes pouvoient animer la toile qui repréfente leurs traits, les verriez-vous appellant à vous-même de quelques-uns de vos jugemens , vous demander un peu plus de fenfibilité pour leur talent , un peu moins de partialité pour vos amis. & vos maîtres. La maxime de M. de la Rochefoucault n'eft que trop vraie ; » l'efprit eft fouvent » la dupe du cœur ; » & en matière d'opinion , l'attachement pour les perfonnes eft quelquefois une fource d'erreur. C'eft un écueil dont j'ai à me préferver moi-même en ce moment où je dois entretenir le Public de l'homme illuftre auquel vous fuccédez ici, MONSIEUR, & auquel m'uniffoient les liens les plus chers. Ainfi je ne me permettrai pas de dire tout ce que j'aime à penfer de lui; je fuis trop près du fujet pour être Orateur, je ne ferai que témoin.

Je m'interdirai donc les juftes éloges que je pourrois donner aux campagnes & au miniftère de M. le Maréchal de Belleifle ; je ne me fuis jamais trouvé dans les armées qu'il commandoit, & ma

(a) M. de Fontenelle & M. de la Motte.

foible fanté m'avoit privé de mes droits au fervice & aux honneurs militaires long-temps avant que le Département de la Guerre lui fût confié ; mais quiconque a fervi l'Etat en quelque genre que ce foit, n'a pu marcher dans la carrière fans y rencontrer des veftiges du zèle & des talens de M. de Belleifle. J'ai vu dans les Cours d'Allemagne, où il avoit foutenu nos intérêts avec éclat, fa perfonne chérie, fon nom refpecté, & les traces après quinze ans fubfiftantes de la confiance & de l'eftime univerfelles qu'il avoit acquifes par fa manière de négocier ; elle étoit, comme fon caractère, généreufe, droite, courageufe & fincère, fans variation parce que fes principes étoient fixes, fans équivoque parce que fes vûes étoient nettes, fans inquiétude parce qu'il connoiffoit toute l'abondance & la fûreté de fes moyens, fans impatience parce qu'il favoit que les affaires ont un point de maturité qu'il faut attendre & qu'il eft dangereux de prévenir. J'aimerois à m'étendre fur cette partie de fon éloge qui ne feroit pas fans utilité pour ceux qui fe dévouent au noble métier des négociations : métier fi difficile à bien faire, difficile même à bien étudier. Mais je n'ufurperai pas ici les droits de l'hiftoire, & je dois me borner à peindre l'homme.

La plus grande fimplicité perfonnelle au milieu du fafte de la repréfentation la plus brillante, la plus grande facilité de mœurs dans la fociété malgré l'auftérité dont il fe revêtoit fouvent dans

les affaires, le plus grand éloignement de toute
prétention joint à cette noble sécurité que donne
l'expérience de foi-même, une égalité continuelle
dans le traitement avec ses amis, dans la politesse
avec tout le monde, une activité aussi ingénieuse
qu'infatigable à servir ceux qui lui remettoient
leurs intérêts, un amour de la règle & de la subor-
dination qui alloit, pour ainsi dire, jusqu'au fa-
natisme, tels m'ont paru les traits distinctifs de
cet homme respectable, qui touchoit presqu'à sa
soixante-dixième année quand j'ai commencé à le
connoître. A cet âge, après cinquante années de
labeurs non interrompus, son goût pour les affaires n'étoit point usé, son ardeur pour le travail
n'étoit point rallentie, sa mémoire meublée de
tout ce qui lui avoit passé par les mains ou sous les
yeux, n'avoit rien perdu de cette immense col-
lection dont les matériaux rendoient son entretien
précieux pour quiconque cherche à s'instruire. On
pouvoit, on devoit l'interroger avec confiance,
parce qu'il aimoit à répandre ses tréfors. Il éten-
doit ses récits avec plus ou moins de complaisance
en raison de la distance des temps, & les anec-
dotes les plus reculées étoient celles qu'il se plai-
soit le plus à détailler. Ainsi il parloit très-volon-
tiers de ce qu'il avoit fait jadis, rarement de ce
qui l'occupoit actuellement, jamais de ce qu'il
méditoit de faire, & par-là communicatif sans in-
discrétion, circonspect sans resserrement, il joi-
gnoit la sage prudence d'Ulisse à la douce conver-

ſation de Neſtor. Il s'exprimoit avec cette facilité entraînante que donne la parfaite poſſeſſion des matières qu'on traite ; il écrivoit avec cette clarté qui eſt la vraie élégance du ſtyle des affaires, non pas avec cette élégance qui eſt le fruit de l'art, de l'étude, & du rafinement de l'eſprit. M. le-Maréchal de Belleiſle n'ignoroit rien de ce qu'il avoit dû apprendre ; mais il n'avoit rien appris de ce qu'il pouvoit ignorer, & il ſemble qu'on pourroit lui appliquer ces beaux vers (a) dans leſquels Virgile peignant d'un trait le génie du Peuple Romain, abandonne aux autres Peuples l'exercice des talens & des arts qui embéliſſent la ſociété. Mais ſans cultiver les Lettres, M. de Belleiſle étoit bien loin de les dédaigner, & il honoroit ſincérement ceux qui les cultivent. La Ville de Metz poſſède un monument précieux de ſon amour pour les Lettres dans cette Académie née ſous ſes yeux, formée par ſes ſoins, fondée par ſes bienfaits, dont il a dirigé toutes les vûes, tous les travaux vers l'utilité publique. C'eſt-là, c'eſt à cet objet ſacré que M. de Belleiſle rapportoit tous ſes vœux, toutes ſes penſées, tout ſon être. Pénétré de l'amour de la Patrie, ce beau ſentiment prenoit chaque jour en lui de nouvelles forces en s'uniſſant à celui de la reconnoiſſance, vertu dominante dans ſon cœur où les ſervices reçus ſe traçoient en caractères ineffaçables. Il avoit fait une éclatante fortune ; il ſe voyoit

____

(a) *Excudent alii ſpirantia molius æra*, &c. Eneïd. L. 6.

comblé de dignités & d'honneurs. Les travaux, les fatigues, les dangers, les traverfes qui avoient payé d'avance fon élévation, il aimoit à les compter pour rien ; & perfuadé que les bienfaits de la Patrie (qui en effet ne doit rien parce qu'on lui doit tout) font toujours fans proportion avec les fervices qu'on peut lui rendre, fes emplois fes dignités fes richeffes ne lui paroiffoient qu'une dette dont l'acquittement exigeoit le facrifice de fa vie entière.

J'oferai dire ici qu'il l'avoit pleinement acquittée cette dette immenfe, en donnant à la Patrie, à la mère commune, un fils vraiment digne d'elle ; en cultivant, en perfectionnant par une excellente éducation fon excellent naturel, en l'envoyant chez les Nations voifines concilier à la jeuneffe Françoife la bienveillance des Etrangers, en le rendant fufceptible de l'eftime publique dans un âge qui n'a droit d'afpirer encore qu'à de l'indulgence. Ce fils fi cher étoit devenu mon fils . . . . . . Hélas ! je n'ai joui qu'un inftant de cette heureufe adoption. Arraché d'entre nos bras par une mort auffi prématurée qu'honorable, s'il eft vrai que la durée de la vie doive fe mefurer par fon ufage, il a vécu affez puifqu'il a eu le temps d'acquérir du mérite, d'obtenir de l'eftime, d'atteindre même jufqu'à la réputation : confolation fuffifante pour l'amour propre, peut-être pour la Philofophie, mais bien foible pour le fentiment ! Je ne re-

connois que trop cette affligeante vérité qui me
force au silence , & je sens qu'il est des plaies
que le temps ne cicatrise pas assez pour qu'on
puisse jamais les toucher sans les r'ouvrir.